Diário de Poemas

Thales Pereira

Diário de Poemas

Entre riscos e rabiscos

EDITORA
IDEIAS&
LETRAS

Preparação e revisão

Hanna Késia dos Santos Lima

Thalita de Paula

Diagramação e capa

Airton Felix Silva Souza

Ilustrações

Gabriel Guimarães Pereira

1ª impressão

Avenida São Gabriel, 495
Conjunto 42 - 4º andar
Jardim Paulista – São Paulo/SP
Cep: 01435-001
Editorial: (11) 3862-4831
Televendas: 0800 777 6004
vendas@ideiaseletras.com.br
www.ideiaseletras.com.br

Dados Internacionais de Catalogação na Publicação (CIP)
(Câmara Brasileira do Livro, SP Brasil)

P436d

Diário de poemas: entre riscos e rabiscos /Thales Pereira.-São Paulo: Ideias & Letras, 2021.

96p.: il. ; 13,3 cm x 21cm.

ISBN: 978-65-87295-21-3

1. Literatura brasileira. 2. Poesia.I.Título.

2021-4172

CDD 869.1
CDU821.134.3(81)-1

Elaborado por Odilio Hilario Moreira Junior-CRB-8/9949
Índices para catálogo sistemático:
1.Literatura brasileira: Poesia 869.1
2.Literatura brasileira: Poesia 821.134.3(81)-1

Sumário

Apresentação

Costurar pedaços de verdades, de saudades, de amores... com a linha frágil do carretel de criança...

Imagem de encanto onde tudo sendo tão mutável e frágil não perde nunca o brilho e o colorido da vida impregnada de esperança.

Benedita Maria Ferreira Guimarães Pereira

Foi um enorme prazer ler cuidadosamente cada um dos versos. Me emocionei, dei risada, me surpreendi, mas, principalmente, refleti.

Refleti sobre a vida, sobre o momento e sobre o futuro. Apesar do presente sombrio, vislumbro um futuro, se não com céu de brigadeiro, um futuro de CURA, de PAZ e, principalmente, de ALEGRIAS.

Iana Cristina Adour dos Santos

A quarentena foi muito difícil para todos nós. Porém, plugados ao tio Thales, tornou-se um fardo mais leve ao receber suas belíssimas poesias todos os dias, que alimentaram nosso espírito, alma e coração. Fico feliz em saber que pude contribuir dando um auxílio nas listas de transmissão do WhatsApp, nos posts do YouTube e Instagram.

Manuela Guimarães de Castilho

Passatempo

Quando o que se busca
Parece sem sorte, meio que sem norte...
Desnorteado e encolhido!
Quando a expectativa sai tão diferente
Daquilo que a gente havia previsto!
Quando a esperança,
Cansada da vida,
Fica esquisita!
Quando a solidão, que morava longe,
Agora reside em frente da gente,
Feito monja eremita!
Quando os ecos das manhãs já não nos respondem como
[faziam antes.
Resta-nos a chance do último instante de aprendizagem!
Resta-nos o segundo seguinte, nas curvas das horas, que
[também nos pertence.
Resta-nos o assovio das brisas e a reflexão que se fez de
[antemão.
Aprende-se, assim, a lição dos ventos:
De nunca abrir mão da lembrança,
Do que permanece e do que se esquece,
De que a gente fica, na dança da vida,
E, quem passa,
Quem passa é o tempo.

Pedra lascada

Estamos vindo de longe!
Estamos indo para onde?
Que luta!
Do mineral ao hominal,
Do Big Bang ao sopro Divino,
Do sangue frio ao sangue quente,
Do bem e do mal, separadamente,
Lapidando a pedra bruta em busca do essencial.
Mas, o destino continua vago,
Nas frestas dos corações,
Nos vales de lágrimas das orações,
Nos quintais abandonados!
Basta remexer bem nos entremeios de sombras,
De pedras lascadas, gravetos e fogo,
De rodas e alavancas de sustos,
De catapultas e engrenagens de culpas,
De motores e satélites,
De dores e amores.
Lâmpadas apagadas de sonhos...
E asas...
Asas-alfa e asas delta
Em busca de altura...
Mas, mal saímos do chão!
Mal percebemos o firmamento,
E o tempo de ensinamento!
Cuidaremos para não rastejarmos!
Compreenderemos o imperativo:
"Levanta-te e anda..."
E, se a vontade for sã,
Descobriremos uma outra maneira de voar,
Que não seja vã!

Dilema

Não encontraremos neste cenário,
Nem terra e nem céu,
Nem asas e nem sonhos.
Quem dera estivéssemos libertos!
Mas, seguimos assustados em voos escuros e mal rumados.
Incertos...
Neste longo tempo temporário,
Dormimos nos ninhos de hoje para acordarmos no fogo feito,
Entre a raiva e o medo:
O dilema da escolha.
Entre o ataque e a fuga, sobraram apenas as folhas secas de um
[outono ambivalente...
A "big" paz e a "big" guerra, novamente,
Sentadas à mesa, deixando cair migalhas!
Não nos deixemos levar pela surpresa,
Muito menos pela resignação.
Entre o início e o fim,
Entre o impensado e o imprevisto,
Entre a queixa e a oração,
Façamos nossos pedidos,
E, inventaremos, assim,
Um voo bom e infinito,
No silêncio da imaginação.

Versos frágeis

Queria desacorrentar palavras,
Dar-lhes vida e certezas
Para ferir a iniquidade.
Queria que a poesia socorresse a humanidade,
Mas malemá socorre-me.
Queria versos ágeis,
que sequer resolvem problemas!
Parecem piratas de primeira viagem,
Corsários em oceanos diversos.
Escutam o assovio dos ventos
E os lamentos dos náufragos,
Mas naufragam na angústia das águas!
Frágeis,
São versos frágeis,
Solitários,
Mas fazem jus ao próprio tormento.

Data precisa

Precisamos de uma data precisa
Para colhermos frutos dos intentos lavrados em tempestades,
Em tempos de inverdades e brisas.
Mas, o tempo perdeu a hora e chegou adiantado, dizendo-se
[atrasado,
Desamparado de si,
Ensimesmado e confuso...
Haveremos de continuar cultivando,
Darmos de ombros para os escombros,
E... Continuarmos lavrando versos nesses terrenos tão áridos,
Continuarmos sorrindo atrás de capuzes incapazes de nos
[derrotar,
Não nos darmos por vencidos,
Nem darmos ouvidos aos abusos dos ventos.
Continuarmos plantando,
Continuarmos colhendo...

Já não corro atrás das noites

Já não corro atrás das noites como corria antigamente,
Ando ao lado das horas,
Mas não sofro os devaneios comuns a toda gente...
Reparo agora, somente agora,
Que era um Midas pelo avesso,
Admirava o brilho sem poder tocá-lo,
Vislumbrava a solução, mas era o próprio obstáculo.
Não correrei mais à frente do dia,
Nem me esconderei
Em sombras de sonhos.
Aprenderei parte por parte
Da lição perdida
Na luz dos dias que componho,
Transformando em arte
Este amor à vida.

Cume da existência

Vivendo, vendo o pó das horas sucessivas...
É algo que rompe com as palavras vivas,
E trava a batalha primordial:
A de encontrar sabedoria no caos, que me interroga sem dó:
Como queres galgar os porões e encontrar saídas,
Neste cataclismo que tu mesmo escavas?
E onde está o leme da tua própria nau?
Reme e fujas deste abismo!
Lembra-te:
Fostes treinado para nascer,
Viver e morrer no mesmo dia,
Mas, desaprendestes a renascer,
Inerte que és!
A rotina de renascimento, requer movimento,
Que se faz logo cedo, no café da manhã,
Para espanar o pó do medo,
Desatar do porão o nó da ansiedade ruim,
E encontrar a sã, na proa da consciência.
Refazendo assim, por outro viés,
Os anseios que desejas!
Que sejas então, melhor do que és,
Para reaprender a ser pleno,
E seguir sereno até
O cume da tua existência.

Tempo bizarro

Este tempo é bizarro, estranho, escasso,
Num espaço pequeno, intenso e inquieto...
Mas não é bonito!
Um espaço reto entre o que penso e o que faço.
Um passo infinito além do que posso.
Não é sonho nem pesadelo,
É limão puro e realidade nua.
Não é meu, nem é seu, mas é nosso...
Não é recanto de paz,
Sequer sabe o que faz.
Esgueira-se pelos cantos da desesperança,
E fica sem saber se é derrota ou conquista.
Não é fruto da Imaginação, mas procura a prece mais preciosa,
A inocência alquimista...
Não finge nem descansa,
Procura a prece de criança!
Coragem e medo, a procura da cura,
Para transformar azedo em doce
Como se fosse alquimia...
Por ora,
Ora, ora, a oração do dia.

O teu farnel

O que levas aí em teu farnel?
O medo a peso de ouro,
Fardo de pedras de preocupações,
Farto de culpas e condenações!
Para onde segues com tal peso?
O que buscas? O céu?
Carregas nas costas as certezas cegas e, deixas no chão, o
[indefeso coração!
Acenas para a luz, mas segues a escuridão!
Não nutras gosto de trevas!
Não guardes desgostos!
Não escondas tu a sete chaves!
Não feches as portas em clausuras!
Não digas que não te importas,
Com as entradas e saídas que procuras!
Por que vigias as mãos que te carregam?
Carregas o não em detrimento da entrega.
Junta tuas mãos e posta-as frente à vida,
E dá-lhe a água que converte!
Mata-lhe a sede.
Não caminhes sozinho, nem lhe dê as costas...
Sigas até o cume de tua existência.
Dá aquilo que carregas em teu caminho:
A tua única resposta.
Enfim, dá à vida o que ela pede,
Dá a ela o teu sincero sim!

Morre-se de excesso

Morre-se de excesso,
Como o tropeço de um bêbado
Por um último gole;
Como a loucura procura o sorriso, mas o engole.
Assim como a solidão que foge do tormento
Para encontrar respostas,
Mas fica sem tempo
E perde a aposta, a hora, o ano, o século.
Sem luz, padece para reviver,
Mas devora o renascimento,
Deixando de herança o desgosto,
Num inventário sem herdeiros.
E não nos socorre,
Nem nos dá direito de escolha!
Cada qual com sua vereda...
Mas que não se exceda nas promessas
Pois a vida é frágil, passa depressa,
E não resolve o enigma sutil em esquemas que carecem de
[ciência.
Para desfazê-los, viva sem exageros e com esmero,
Menos pressa e mais paciência.
Antes da agonia,
Antes da meia-noite,
Para depois da tempestade, fazer por merecer a bonança,
Que clamava todos os dias e a chamava de esperança!

Palavras

Palavras sins, palavra sãs, palavras vãs...
Têm até palavras nãos.
Palavras são de difícil trato se não tratá-las bem...
Caídas pelo chão, penduradas em paredes de papel
Ou espalhadas pela sala.
Palavras aqui, palavras ali, palavras lá.
Palavras aí, no teu coração.
Têm vida própria, mas dependem das falas,
Dependem das horas e dependem das bocas.
Precisam sempre de que as escutem, mesmo quando são
[silenciosas,
Vivem apressadas com ampulhetas sem filtros,
Algumas se esforçam para serem brilhantes e perfeitas,
Feitas para agradar visitantes, mas somente adornam pílulas.
Algumas brotam do chão,
Algumas têm asas e voam, mesmo quando agarradas em mãos
[de medos, escapam entre os dedos.
Outras, nem casa têm!
Mas, as mais belas e raras, são as invisíveis, cansadas de quase nada.
Sobrevoam consciências quando são reavivadas
Até o raiar de outra vida,
Quando serão esquecidas
Ou serão revisitadas...

Aliás

Faz tempo que não ajeito um guidom ou uma rédea!
Não vou a cavalo para o riacho,
Acho que esqueci da "monareta" e do poço verde! Verde?
Acho que eram azuis, poço e bicicleta...
Não leio o Bandeira,
Não arreio o burro bravo ou o novilho,
Nem ouço: filho? filho?
— Seu filho da mãe!
Nem interpreto o canto do canário da terra,
Que encerra o verdadeiro hino...
Nem busco aquele hino rebuscado de pendões...
Peço perdão aos meninos que pescavam juntos visagens de
[voos rasantes e colecionavam cantos da passarada, que até hoje
[não sei se é trinado, gorjeio ou toada...
Ah! Mas quem se importa?
Aliás, faz tanto tempo, que dou conta agora,
Que o que foi, foi...
Foi embora.
E, se volta, não volta quando peço,
Nem do jeito que desejo,
Mas, volta sobrevoando
O vilarejo dos meus sonhos.
Ou galopando incólume, feito raio,
Em atalhos dentro do peito.

De coisa à toa

Da coisa real se sobrevive.
É fato factual...
De arroz, feijão, salada e bife...
Sobrevive-se!
Coisa real:
Daí a César o que é de César...
E, não o convide para tua mesa!
Almoçar e jantar, almoçar e jantar...
Coisas do mundo!
É sério, não é mistério...
Mistério é coisa à toa!
Persiste no silêncio do quintal sem fundo,
Sem pé e nem cabeça,
Depois de um pé de vento
De coisa à toa também se vive.
Do apito do trem de outros tempos,
Em estradas improvisadas,
Em chão de mina que brotam córregos,
Em caminhos noturnos que acreditam em luas.
Nas trilhas das estrelas
Para quem consegue vê-las, entremeadas de vibração.
E, na persistência da água que evapora, para se transformar em ar...
Em ar...
Para nossa inspiração.

O salmo da mutação

O risco da reflexão exagerada,
Aquela que não leva a nada,
Encolhida em asas de covardia,
Esfria poemas desatinados de rabiscos e problemas.
Neste tempo tão controverso,
O tino do destino!
Pergunte ao velho poema:
Qual o seu nome?
Menino, menino sem sobrenome.
E por onde andam os versos?
Perdidos, vazios, sem ninho,
Fugindo do descaminho,
A um palmo da razão e do coração,
No nó da garganta
Que já não canta.
O salmo da mutação...

Expectativa e esperança

Duas irmãs antigas que vivem em meu coração,
Minhas melhores amigas do sim e do não!
Palpitam no dia a dia, um jeito de livre escolha.
Uma se parece com semente, a outra tem jeito de folha.
Morrendo de medo de errar ou errando sem medo nenhum.
Algo assim... Comum a todos e a qualquer um.
Teimam em residir em mim: Expectativa e Esperança!
Início e fim...
Uma, confessa ser dona da verdade,
Mas tropeça e mente.
Penso até em expulsá-la definitivamente!
Até me faz caminhar,
Cair e levantar.
É bela, mas "beleza não põe mesa".
A outra, nunca duvida,
Nem precisa de certezas.
Vive sim, de confiança,
Tece com a vida a conta,
Aponta o que vem depois
E não se cansa,
Pois, no compasso do caminho,
Com seu jeito,
No passo a passo refeito,
Nunca me deixa sozinho.

Diário

O diário de um dia só...
Ou será o diário perdido?
Neste "adia-adia", rabiscos se entrelaçam na saudade das águas
[que se foram e se vão, em vão.
Caminhos pisados nas travessias
Serão esquecidos?
Urge fazer o diário da semana,
O semanário do dia,
O anuário dos números com tijolos virtuais para reconstruir a
[desconstrução secular.
Será o fim do infinitário?
Faremos agora o diário da próxima estação, antes do sol.
Diariamente o tempo escreve
E não nos vê.
Relembra-nos de ontem,
Repassa-nos tarefas logo de manhã,
E vai-se embora, em boa hora,
Levando com ele o dia todo,
Deixando apenas no canto do quarto um pedaço do horizonte,
O diário do ontem, já folheado de passado.
E, principalmente, o diário do amanhã
Para ser decodificado,
Contado e recontado, neste alfabeto de aprendizado.

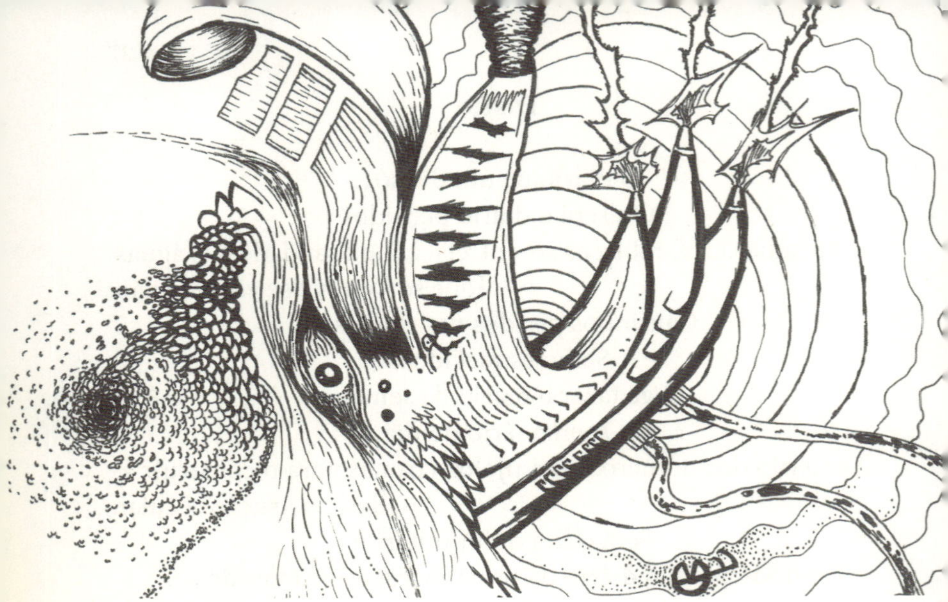

Proteger mais de mim

Quando não confio,
Sou fio partido
Que não tece
E nem se estabelece
Na trama da vida.
Quando não rio, não crio,
Sou barco à deriva,
Sem perspectiva...
Veleiro sem leme,
Navegando sem remo,
Desatento e desprotegido,
Daquilo que falo sem estar afim,
Daquilo que calo e sei porquê,
Daquilo que suporto sem merecer.
Convém cuidar mais de mim,
Desatar as amarras de âncoras sem fim,
E deixar o barco correr tranquilo,
Não a esmo!
Porém comigo,
Comigo mesmo...

Ninguém

Nunca conheci alguém que se chamasse Ninguém!
Quem?
Mataram? Morreu? Caiu? Ascendeu?
Numa casa comum dirão:
— Mude de canal!
Na mansão daqueles idênticos, nada será dito...
Apenas silêncio estampado na fachada das faces cruas,
Disfarçadas da porta para fora.
E, agora, autorizadas e mascaradas,
Temerosas, sempre temerosas com as ruas.
Ruas de arruaças e becos sem fim,
De avenidas acéfalas, de pés doentes e cabeças ruins,
[misturadas com sementes.
Não se vê nas ruas nem agulha, nem palheiro, nem o rico e
[nem o camelo.
Opa! Antigamente se via, ao dobrar a esquina, o sol, quando
[se punha.
E a lua, ora cheia, ora meia, ora "casquinha de unha".
O sol e a lua se importavam com a gente.
As ruas,vazias, ocas e dementes.
Quem consegue vê-las?
Diria a noite, apesar de escura,
Após o nevoeiro.
Insista!
Haverá de ver mais adiante as estrelas...
E, mesmo que minguante,
Meia lua inteira e pura.

Convive-se e liberta-se

Rapidamente desistimos
Da morte, da solidão,
Da gota d'água da ilusão,
Demoradamente insistimos
Na vida,
No amor,
Na água,
No céu,
Na fé e no chão.
Demoramos!
Demoramos?!
Perdemos tempo para chegar com a brisa nova
Na curva do tempo.
O vento passou!
E, a tempestade humilhada, cedeu e deu espaço para que
[chorássemos... e choramos.
As lágrimas também lavaram a casa numa metamorfose,
[espantando assombrações.
Numa mágica, iluminando os cantos;
Numa mística, aquecendo os corações.
E, se a ventania dissesse:
— Não dê Amor!
O Amor num alerta, respondia:
Amor não se dá, se recebe...
Amor não se recebe, se dá...
Convive-se e se acerta...
Vive preso no convívio... e liberta-se!
Amor não se recebe, se dá...
Convive-se e se acerta...
Vive preso no convívio... e liberta-se!

Não vou pedir perdão

Não vou pedir perdão aos "gauches",
Não lhes darei este gancho.
E nem aos Sanchos, não lhes darei chances, não
[faço parte disto.
Tenho sido de mim mesmo.
Não sei bem a quanto tempo,
Mas o bastante pra ver além de um palmo de escuridão...
Escuridão criada em cativeiro da coisa pública...
Coisa... "res" a coisa... disfarçada de verdades falseadas de risos,
sorri lábios tortos e não convincentes.
Peço perdão aos céus por ter perdido tempo, ainda que pouco,
[falando dos donos-pseudos do mundo!
Peço até perdão ao chão...
Mas já sei olhar pra frente. Melhor que tudo ao redor...
Não sou poeta da sombra, nem sou poeta do sol, nem sou
[poeta inteiro, acho que sou meio tenso, mas penso!
Acho que sou da terra, da semente, dos atalhos e riachos de
[antigamente...
E do pote d'água e café na torradeira...
Não posso perder tempo com o futuro que prometem, a toda
[esta gente...
Tenho um passado que me cobra as sobras da esperança!
Muita esperança, que sempre se faz presente.

Basta saber

O que era, o que é e o que será?
Era plena, firme, calma e inabalável.
Era acreditável, simplesmente fácil de acreditar,
Bastava não inventar invenções
E apenas caminhar no coração dos corações.
E, quando brincávamos de faz de conta
E espalhávamos ternuras no chão,
Encontrávamos do fio a ponta
E, com o mesmo fio, tecíamos
Aquela colcha de sonhos...
Bastava saber, por exemplo,
Que o seu espírito era hóspede e o seu corpo, um templo.
E, para encontrar a agulha no paiol,
Bastava abrir as janelas e deixar entrar o sol.
Parecia simples assim!
Mas agora, o que fazer?
Será hora de compreendermos as diferenças e crermos
[em crenças que nos tornem mais iguais?
E o que saber?
Aquilo que já sabemos:
Que no início, viemos sozinhos;
No fim, partiremos sozinhos mas, no meio deste caminho,
Você precisa de mim e eu preciso de você.

Nó górdio

A vida se faz de tonta,
Parece nem fazer conta...
Parece ensaio, mas não é!
A vida é o que é.
Por vezes, não nos dá pistas
E faz até que nem vê,
Mas, fica ali de soslaio,
Anotando ponto por ponto...
A vida nos cobra à vista!
Ah! Anota aí, no rodapé do teu viver,
As contas que não contaste e os cantos que não cantaste,
Visitas que não fizeste, perdões que não deste
E juízos que não perdeste!
E conta-nos, diga-nos, por favor,
As tarefas de todos os dias que gostavas de fazer,
As travessias que enfrentavas,
O nó de Górdio que desatavas
Na busca de Ser ao invés de ter.
Revela aqui o teu amor, o próprio!
Aquele que tu doastes e
Através de qual viés o decodificaste?
Por Cristo, não releves
Os sagrados tropeços que levantaste.
E, conta-nos, quando e onde foste feliz?
Por favor, nos vele e revele isto...

A mão que balança o berço

Há um labirinto no que sentes?
Em mim, transcende o que sinto.
A dor não dói,
Porém, corrói as horas.
Transforma-se em fato estranho,
Alastra-se dentro da sala,
Sem portas, sem trancas, aos trancos...
Quase tudo o que se espalha é praga.
A linha que se desalinha com a minha,
Tem hora que me adora e me salva.
A linha do niilismo não é fio condutor,
Porém, condiz com o paradoxo
De fatos e sonhos, de medo e amor.
A "mão que balança o berço"
Já não me afaga,
A certeza, sem saída, já não existe.
O beco é igual!
O mundo resiste...
Não é nada não!
Está tudo bem.
Diante da prisão, a mente vaga,
Sobra um pedaço de céu neste saber,
Para se fazer do corpo calabouço,
Centelhas de voos rasantes em nossa saga.

Onde?

Em qual quintal se esconde a confiança
Que deixou de ser estrada e virou pó,
Que deixou de cantar, calou a voz,
Que se escondeu onde ninguém se esconde?
E a temperança?
Que quando sumia, sentíamos falta,
Que levava a vida assim... na flauta.
E carregava nas mãos brisas e ventos...
Em qual quintal se esconde?
E a esperança?
Que inventava cata-ventos com poemas,
Que solucionava todos os problemas
E questionava as ensinanças dos tempos?
Por onde anda a esperança, por onde?
Quem souber nos diga agora!
Estará perdida no mundo?
Há quem pense que não está a sós,
Mas silenciosa...
Silenciosamente aguardando
Para despertar num segundo,
O bom e esperado momento,
Dentro de cada um de nós.

O sabor da poesia

Afinal,
Será que quando chegar o dia do juízo final,
Estarei ali,
Cheio de problemas?
Levarei, então, alguns versos como álibi.
Quem sabe o Nosso Senhor goste de poemas!
Antigamente, quando era meio laico e meio crente,
Pensava que Deus escrevia em Latim.
Hoje sei que era em Aramaico!
Para mim,
A palavra que importava, ainda importa.
A Palavra!
Ah, sim!
E você? Já lavrou sua oração?
Então me ensine o que é aceitação.
É que, antigamente, não compreendia as linhas.
Por que eram tão tortas?
Hoje sei! Experimentei o sabor da palavra.
Lavrei poemas...
A poesia passou a ser o pão de cada dia.
Não um pão de trigo, de farinha...
E sim, aquele pão antigo que tinha
Na mesa do Senhor.
E, cada um que ali o dividia,
Mostrava seu gesto de amor.

Verso avesso

Queria versos que cantassem,
Que fossem abertos, divertidos,
Que não sentissem quase nada...
Serenos, pequenos, sem dúvidas,
Com respostas já escritas.
Que desviassem das aventuras,
Que falassem baixinho
E não custassem nenhum alento.
Versos prontos,
Que não fossem ocos e não dessem um pio;
Versos piedosos e não vazios.
Mas os versos que encontro
Estão em meio aos escombros.
Perdidos pelas calçadas,
Com fome e à toa nas ruas
Entre os feridos,
Na luta, no luto,
Gritando aos ouvidos,
Chorando sozinhos
Em noites escuras.
Os versos que vejo,
Não cabem em meus desejos;
Mas vestem roupas mal medidas
Do tamanho de nossas vidas.

O tempo

O tempo, aparentemente,
Fica voando sem asas,
Entre o ventre e a casa,
Entre o fruto e a semente.
Sempre assoprando a vela,
Provando que a vida é bela,
Quando a vela se reacende.
Insiste, tropeça, levanta,
Segue em frente.
Por vezes, chora.
Por vezes, sorri.
Mas, sempre sabe da hora
Que já estava por vir.
O tempo bate em nossa porta,
Causando certo espanto.
Outras vezes, nos conforta,
Transformando-se em acalanto.
Será que o tempo é real?
Ou será somente ilusão?
Quando impõe seu bem e mal,
Pensa que me comanda,
Mas, quando quem comanda sou eu,
O tempo passa a ser meu.
Enfim, o tempo é um açoite
Que espera, que descansa
Numa rede que balança
Noite e dia, dia e noite...

Bimbambaia

A sala da solidão, povoada por multidão!
Ali, naquele canto, a cantoria dos duendes
Em sintonia com o voo dos arcanjos,
O farfalhar dos bonsais no cantinho do Oratório,
As orquídeas dos quintais dos bosques de Deus.
Pergunte ao céu se é possível ver além desta janela.
Criar asas além das casas... É possível?
Sentados na Berger, não é possível vê-los, mas, ouvi-los,
[tagarelas, amarrando os fios dos novelos do destino que estão
[sendo desatados, aguardando nossas respostas.
Gostas ou não gostas? Fazer o quê?
Sim, dar graças à vida, sem reservas.
Dar um pouco do que falta da ternura que há tempos nos atura
e nos cobra o que sobra deste amor tímido,
que bate à porta discretamente,
entra como quem não entra e fica pelos cantos como quem
[não vê saída.
Mesmo assim, dar graças à vida, sem reservas...

Trata bem o coração

A tempestade em nossos quintais
Arqueou as árvores de ilusões.
Sementes ressecadas lançadas em terras áridas...
E, este vazio amuado, deixou um gosto amargo na boca;
E, esta boca contida e amarrada, já nem sabe mais gritar!
Mas ainda canta a canção dos tempos, a canção dos ventos num
[sussurro suave e cala o desasossego que não sabe pedir arrego.
A tranquilidade ficou temperamental,
E, o bem, se confundiu com o mal.
Ora, está passando da hora de inventar um canto matinal,
E, numa cantoria, temperar sal com sorriso,
Siso com sina e calmaria.
Reensinar o velho coração
Que viver é tão bom,
Quando em bom tom...
Então!!!
Rebata, bata, trata...
Trata bem o coração.

Viver

Viver entre riscos,
Rabiscos, rabiscos,
Até o pescoço.
Viver é esboço!
Viver, ultimamente, anda com um jeito esquisito e tão
[diferente,
Que parece bicho do mato, ansioso e assustado,
Com sorriso entredentes...
Viver é concreto de tão fugaz,
Mais que perfeito de tão audaz,
Discreto de tão claro e complexo de tão lindo!
Parece um meteorito bonito e incandescente.
Estrela caindo!
Estrela cadente!
Faça teu pedido!
Aproveita, renova a tua vida,
Neste ir e vir.
Pede tua vida de volta!

Coragem

Viver dá medo, desde muito cedo,
Mas é tudo bobagem.
Façamos a bagagem da coragem!
Coragem...
Há de se enfrentar os medos,
Desvendar os seus segredos,
Um por um de cada vez.
Os grandes medos são três:
Solidão, loucura e morte.
Vencê-los é questão de sorte?
Não! Vencê-los é a nossa missão,
A morte se espanta com ação
De quem planta sementes de fé.
A loucura é como é,
Cura-se com aceitação
Ou morre na solidão.
Já a solidão é sem jeito,
Esconde-se no fundo do peito e, por ali, faz morada.
Mas, uma alma povoada de amizade e carinho,
É solução e caminho.

O oposto de viver

Pergunte a qualquer um
Qual o oposto de viver,
Terá resposta comum.
Vão logo te dizer,
Que o reverso é morrer.
Ah, não se iluda!
Pergunte ao mestre ancião,
E ele dirá então
Que viver não tem reverso,
Mas, o oposto de morrer,
É claro que é nascer.
E, que nascer é tão claro até o seu escurecer,
Mas viver não tem dois lados, pois é viver ou viver.
Não é faca, mas parece ter dois gumes como a faca que corta
[as amarras do sofrer: também pode ferir.
Viver não tem oposto, tem sim gosto ou desgosto,
viver ou sobreviver, de um ou de outro jeito,
Ao carregar no peito, somente temor e lamento,
Ou carregar ali a semente e gratidão,
Saberá o que é sorrir e poderá até chorar,
Suportará o tormento e viverá o viver,
Atravessará o tempo, nas asas de um advento,
Que o levará face a face, não com a morte, a inusitada,
Mas com a vida, a agraciada.

Que pena, amigos, que pena!

Que pena ainda escreve
Na escrivaninha do tempo
O capítulo novo do mundo?
Quanta confusão de assuntos
Que assuntamos aos pedaços
Por falta de espaço?
O oráculo moderno é teclado incessantemente
Nas távolas atuais dos botecos...
E encomendado por "delivery".
Todos navegam sem remos em busca das felicidades.
Isto mesmo: das felicidades!
Desligue-se disto, ligue-se naquilo!
Fica ligado!
Ah, sim! Simplesmente,
A pena apenas acena a despedida:
A tinta partiu e o papel morreu!
Teclo, teclas...
A certeza é certa! O que se espera, também espero!
Cheguei perto dos quatro ventos da verdade,
No entanto um tanto relativa,
Relativamente vero.

Não é ovo e nem serpente

Não é o filho mais novo, nem o filho do meio,
Deve ser o filho mais feio, destes tempos de indecentes.
Este fim do mundo é bem mais maduro que os outros,
Parece bem viajado.
Conhece becos da maledicência, vielas de escuridão e cidades
[desconstruídas,
Conhece caminhos variados,
O vértice do triângulo das bermudas,
O cabo da tormenta,
Navios titânicos e seus ais, navios sem cais...
Ah, mas nunca esteve nos caminhos das sementes e dos
[sonhos!
Suponho que não conhece as travessias do sol poente
Ou os mares abertos de calmaria e devaneios.
Sequer conhece a luz da fé dos oratórios na casa da gente...

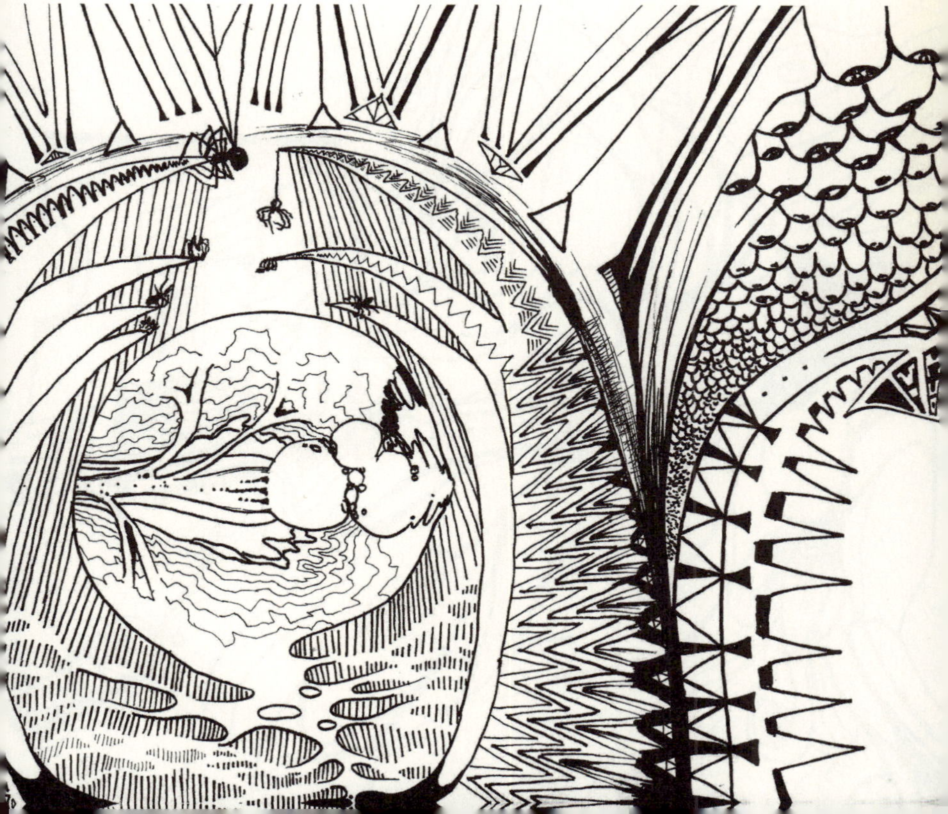

Final dos tempos

Este final dos tempos não é fruto de vez,
Aliás sequer é fruto, pois não é coisa de comer.
Muita acidez e maduro demais para negar... É coisa de desviver!
Ah, mas tem muito para amadurecer, até cair do pé!
É lição da natureza, castigo e condenação,
[um novo e frágil fadário.
Este um, é apenas mais um, um outro "fim do mundo" dos
[muitos que já se foram e dos tantos que virão! Virão?!
É vário e assustador, se faz de arrogado,
Mas também é meio assustado,
Conhece o mundo e seu mal,
Mas não conhece de fato,
O fundo do meu quintal.

Medo

Essa história do medo,
Começou de muito cedo
Num desassossego sem fim
Travado dentro de mim.
Quando ainda era menino,
No início do destino,
O medo se chamava Medo
E eu escrevia assim:
Então morro de vontade de ir além...
E se vou, quando a vontade vem,
Vem antes o medo, este segredo,
Que vive preso no próprio degredo.
E quando nem verão era,
Quando ainda primavera,
Resolvi falar do medo
E vejam só que arremedo:
Que o medo em ti faz morada,
Que viver já não te diz nada,
E sofres por estar sozinho.
Então, busca no amor o teu caminho.
Até o amor te causa medo
E, antes de viver, já morre cedo
E não consegue encontrar saída.
Então, busca na paixão a tua vida.
Mas a paixão também te apavora,
Tens vontade de chorar agora
E vê pecado onde não existe?
De tanto medo choras,
Já não há Deus que adoras?
Então, ama o pecado e deixa de ser triste.
Naquela época em que o mal nem era tão mal assim,
O medo, mal encarado, teve o nome de Pecado.
Mais adiante, no outono,
Acreditando ser o dono

Da coragem e valentia,
Adestrei a ventania...
Brinquei de esconde-esconde,
Fui me escondendo atrás de mim,
Atrás dos óculos e da visão, atrás do sim e do não.
O medo ficou esquisito,
Meio desencontrado, tomei as rédeas do danado
E o apelidei de Perdido.
Só não caí do cavalo,
De cara no fundo do valo, pois o que montava no tempo
Era um cavalo de vento.
Dei-lhe outro nome: Solidão! Não ao cavalo, mas ao medo,
E, no meio da multidão, cavalgávamos neste enredo.
Fui me acostumando com o susto
Num conta-gotas sereno,
Num esforço a todo custo,
Dei-lhe o nome de Veneno.
Enquanto o vento seguia,
Envelhecendo meus dias,
O medo ia encolhendo
E, de tanto medo, morrendo.
E agora no inverno frio, o medo sem arrepio,
Arcado e já sem poder, sequer consegue me ver.
Que paradoxo esta vida,
De reavivar sem medida
O medo que fenecia
Para tê-lo por garantia,
Do primeiro ao último dia.
Chegamos até aqui e por ter sido fiel comigo,
Neste caso não resisti, denominei-o de Amigo.
Passamos por tantas vielas,
Com cuidado em nosso meio,
Quis chamá-lo de Cautela
Mas tive um certo receio.
Não sei que nome me dou, só sei que Medo não sou,
Apenas o trago em meu destino,

Mas não vou chamá-lo de Menino.
Perdemo-nos um do outro,
Sem cobranças e sem troco.
Ficamos envelhecidos,
Velho e medo, enternecidos.
Assim, chegamos ao fim.
E entre o não e o sim,
Fiquei com a gratidão,
Mas o velho medo sem sorte,
Passou a se chamar Morte.

A lucidez anoiteceu

Num breu de ruas antigas e sem saída,
Sem frestas, sem brisa, opaca e densa...
Cabisbaixa, a lucidez não olhou para o céu.
Não havia céu?
Não havia céu!
Não havia ninguém: nem a morte, nem a solidão! Ninguém!
Somente a lucidez anoitecida e a razão cega.
Por sorte, não era a morte, mas apenas um pedaço dela.
Até que apareceu a loucura,
Transfigurada...
E assim, como a lucidez, anoiteceu!
A loucura resolveu amanhecer...
E amanheceu! Sim, amanheceu acanhada,
Mas amanheceu.
Numa manhã tênue e "carijó"(como diria a doida da rua).
Continuava sendo uma rua antiga,
Porém, agora com frestas.
Não era a vida, não era.
Era apenas um pedaço dela.
Mas como era bela!

Cárcere solitário

Ah, cárcere passageiro!
Falarás baixo o que pensas alto,
Saltarás de um sonho imenso,
Cairás das pernas,
Inventarás o voo do teu pensamento.
Revelarás o medo guardado em segredo,
Naquele baú antigo
Que, esquecido, perdeu-se no tempo.
Mas não reclamarás da vida,
Com tuas preces, não ficarás à deriva,
Não estarás à sorte que a vida oferece,
Mas encontrarás suporte
Neste passaporte, que sempre tem saída,
Para quem merece...

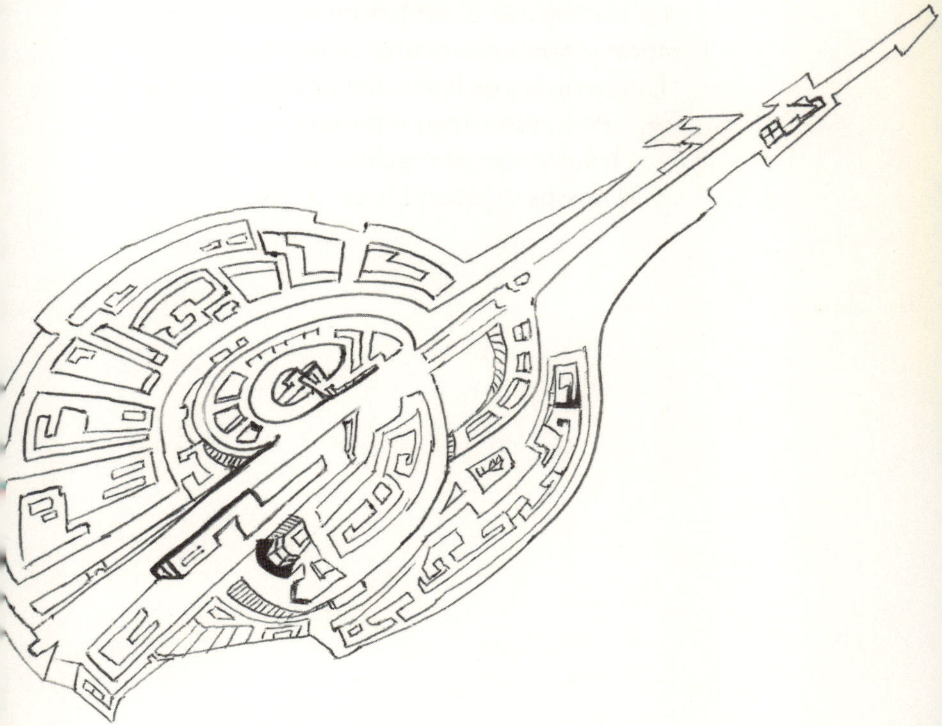

Perspectiva

Esquecer o gosto do que é sutil,
Romper com o prazer,
O discreto prazer venerável
Que morre a cada dia,
Devorado pela boca do vulgar.
Como se fosse muito natural
Defenestrar a beleza!
Mas o que é o prazer
Senão o reverso do tormento?
Não há mais lugar para um lamento,
Exceto se for descartável.
Ah, mas vou insistir na antiga perspectiva,
Quase fenecida, mas ainda viva,
Nos sonhos daqueles que dançavam os sonhos sonhados!
De sonhos que se sonhavam juntos,
Lembram? Sonhos artesanais das canções,
Como tijolos de barro, feito à mão,
Para reconstruir o mundo
E alimentar os vagabundos,
Os nossos vagabundos corações.

Medo de qualquer um

O medo que menos tenho, é o medo de ter medo!
Este não me pertence e nem quero possuí-lo.
Ficarei somente com um,
Embora seja sem dó, é medo que me pertence,
É de nascença, este que carrego comigo, do cordão umbilical,
Passado de mãe para filho, de umbigo para umbigo,
Vindo da mil avó, no ventre intrauterino,
Parece meio banal, mas é bem original.
Não é somente meu,
Este medo comum.
Medo que tenho eu,
Medo que você tem.
Medo de qualquer um!
Sabe qual? Sabe não?!
Ah, sabe sim e sabe bem!
Deixar de ter para Ser,
De nascer e renascer,
De nascer e renascer...
A cada respiração, até o fim, afinal.

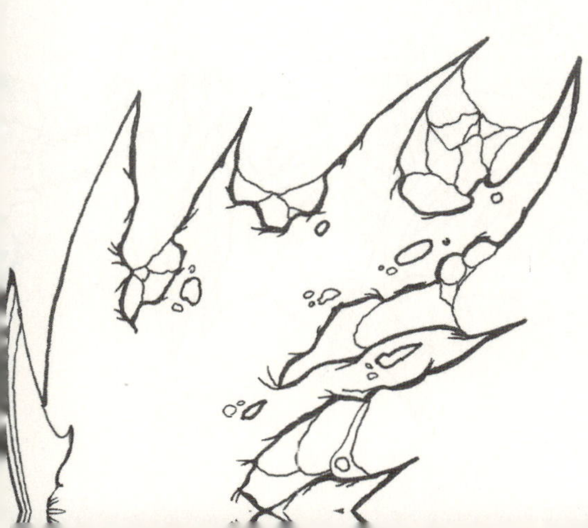

Inspiração sagrada

Não reclame!
Apesar do açoite varando as noites,
Apesar da trama feita de nós,
Vá temperando o tempo.
Enquanto houver chama,
Vá clareando, devastando a escuridão.
Enquanto houver sal e água,
Enquanto houver chão sedento de sementes,
Vá pisando com cuidado para não ferir.
Neste servir e ser servido,
Nesta busca de Sentido,
Mesmo que a sós,
Siga com a inspiração que lhe foi dada!
Vá em frente,
Com o ar que foi permitido,
Nesta respiração sagrada.

Vietnã

Ucrânia, Chernobil, Detroit, Wuhan,
Hiroshima, Nagasaki, Cabul, Tailândia, Fukushima,
Vietnã!
Peça por peça...
Quem assistiu estas peças?
Miss Saigon e Hair.
O que você quer?
Quer ir longe daqui?
Amazônia, Goiânia, Mariana, Minas...
E um passeio de barco na baía de Guanabara...
Quase tudo preto e branco,
Um pouco de sépia,
Um trisco de ferrugem e uma gota de céu na torre de Babel.
Gostaria de envelhecer mais devagar
Para não perder aquela rebeldia da juventude.
Se eu saísse à rua agora,
Se eu tivesse esta atitude, rejuvenesceria?
Mas o tempo queima rápido demais,
E a sabedoria abandona-me e se desfaz.
Porém insisto nisto...
Mal sei respirar a paz,
Mas abro a janela e respiro...

Não arredo mais daqui

Há pouco o mundo era são!
E eu, parecia o louco, levando sonhos nas mãos, repletos de
[ilusões disfarçadas de certezas.
Nos passos que fazia, a certeza me conduzia.
Mas, ao ver que em minha matula
Havia um pouco de vida
E o mundo jamais saberia como reconhecê-la,
Então, mudei a teimosia.
Parei de buscar no fundo e alcei outras alturas.
O mundo passou a ser mundo
E a vida simplesmente vida.
Tomei dianteira na busca, tomei dianteira com fé...
Não arredo o pé mais daqui!
Pois é! Assim faço meus passos
Em comunhão com a candura
E com o meu próprio abraço.

Tênue fragmento

Quando faltam braços que acolham a vida,
que anda nua e perdida pela estrada errante;
Quando a luz atenua a chama que ofusca os olhos
diante de cacos de tudo e de nada...
O mundo fica pequeno e fragmentado
com a circunferência que a vida traça!
Quando o tempo não vê tempo para juntar pedaços,
O desejo que esconde a paz
É decodificado, mas logo se desfaz.
Quando o que resta é sem consciência
Até o poema que responderia,
Perde a paciência, quando a vida passa.
Então, respiro a sabedoria que voa,
Nas asas de uma poesia à toa.

Ah, vida!

O que fizemos? O que fizestes?
Vim aqui nesta oficina
Para ver se refaço a sina.
Vim aqui te dar o troco
Por pouco que possa parecer,
Neste oco aqui no peito,
Descuidado, mas refeito...
Do tanto que já me destes,
Não quero te pagar à vista,
Tenho contas que estão por vir,
Nas esquinas que inventei e carece que as termine. Falta um ponto
[e uma vírgula e algumas reticências, para a paga do que usei...
Mas, perdoe-me aquela conta, daquilo que abusei, naquela
[época a tonta era quem me conduzia.
Hoje a tolice foi embora, mas sinto saudade dela.
Preciso reencontra-lá na esquina dos "sem juízos",
principalmente aqueles que, sem saber, deixavam cair sorrisos,
risos e, por vezes, gargalhadas no chão daquelas estradas.

Ver entre ver

Quando nada sei do mundo,
Vejo tudo com clareza.
Parece até que sei ver!
Chamo o raso de profundo,
Meias-verdades de certezas.
Quando estou de veneta,
Sou capaz de antever
A cura para o planeta.
Quando quase compreendo,
Quando compreendo quase,
Navegando, navego a nave,
A nave, que vou remando...
No entanto, admito vendo
Que me atormenta o que vejo,
Quando vejo que: "La nave va",
Mal vislumbro o que me conduz,
Mas deixo que se vá o desejo...
Há um destino a me guiar
E a mão Divina traduz:
Que entrevejo, apenas entrevejo,
A esperança cansada,
Mal vejo, mas vejo, um raio de Luz,
Um raio de luz na estrada.

Promessas

Nem sequer pediu licença!
Que diferença isto faz agora?
Não ficava, nem ia embora.
Acomodava-se nas frestas e
fendas da casa densa e de pernas para o ar.
Decodificava dúvidas...
Apartava a tristeza encolhida atrás da alegria perdida e,
Decretava perdões sem conta, que já não contavam mais...
Apenas suspiravam um certo tipo de fome.
Deveres de casa escorriam entremeados de reflexões...
Armagedom, Crivo, Facão?
Mesmo sem nome,
Recolhia vidas, algumas dívidas,
Muitas lágrimas, parcas promessas,
Enquanto colhia grandes lições.

"Dos bons"

O riso líquido do tempo cambaio
E os clãs,
Foram evaporados na rotina das solidões vãs.
Já não se vê o "andar dez prás duas"
dos andantes.
Várias luas e uma única rua sem saída.
Coisas da vida!
"Smile, Smile",
O planeta sorri numa ilha.
Pestes multicoloridas são coisas antigas!
A nossa é monotemática e subfebril.
Pan, pan... Ah, deus Pã!
A cada singular pancada, um sopro se multiplica e desperta o
[susto assustado.
Por um triz o pesadelo temido desperta um silêncio gritante e o
[grito calado no nó. Sem dó!
Também desperta uns bens,
Uns améns e alguns dons meio que "João-ninguém", quase
["dos bons"...

Fiasco

Viver é a antítese
Do abandono...
É a busca pura da tese
De que És teu próprio dono.
Viver é proibido?
Sou desobrigado a desgostar do Sartre...
Sinto-me convocado a gostar de arte.
Viver é obrigação,
Pergunte a Medard Boss:
"Angústia, culpa e libertação",
Em busca da "cidade de Ós".
Viver é tão breve!
Um dia não haverá
Esta caneta que escreve.
Então terás que teclar:
Tecle, tecle, tecle…
Viver é assim:
Quando se entende o começo
Já está se chegando ao fim.
Quando se chega ao fim,
Vê-se logo que é recomeço.

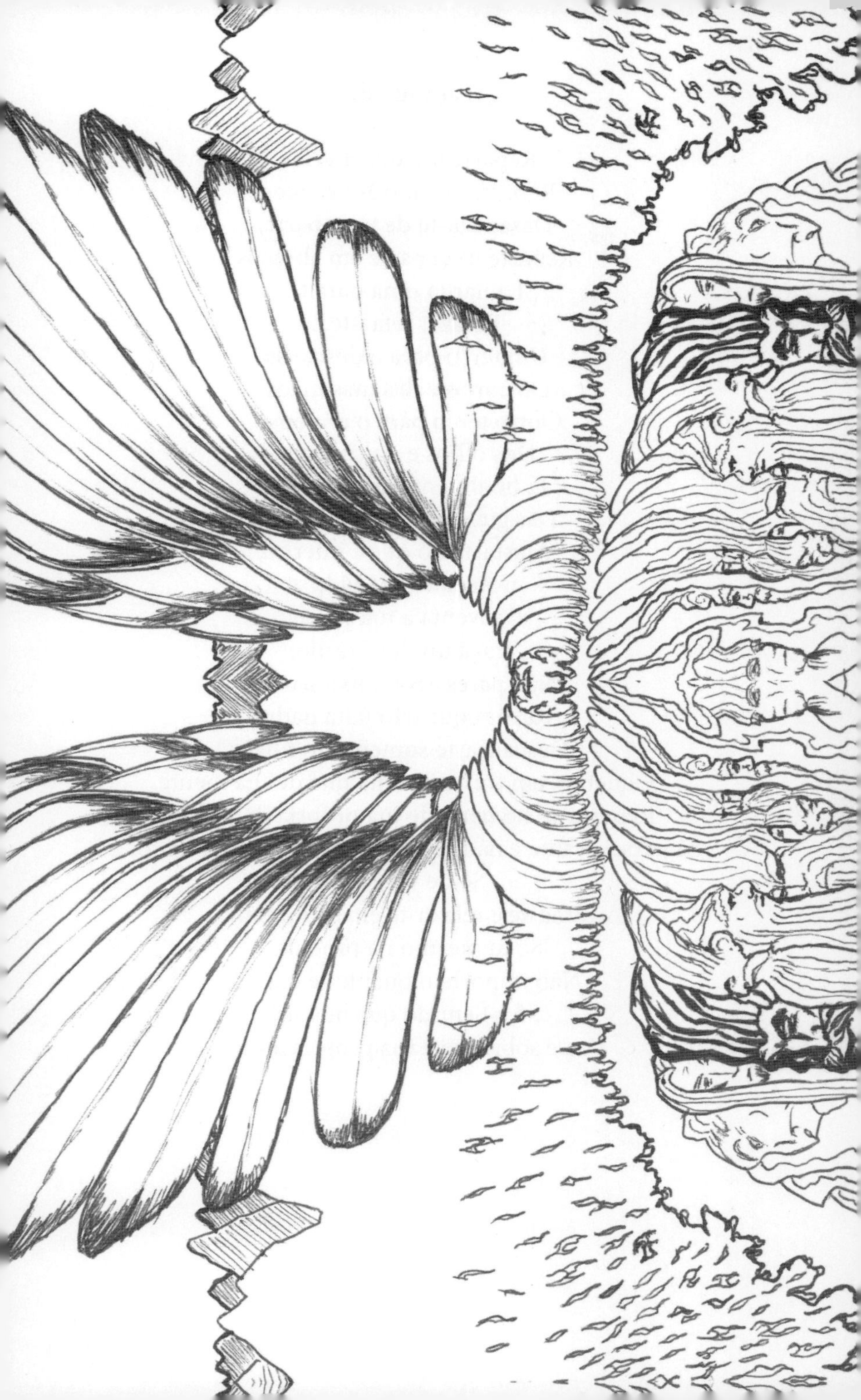

Faça teu dia

Reparte teu dia em três.
Reparte-o em três pedaços:
Desapega-te de uma parte,
Reparte uma parte em abraços
E guarda uma para ti.
Refaz... refaz-te...
Um terço para o descanso
Do corpo e das tuas mãos;
Outro terço para o remanso,
Dos olhos e do coração.
E, finalmente, uma trégua
Das guerras do teu pensar...
Afasta-te do que é inferno,
Aceita a tua vida
E inventa a tua prece!
Traça um laço terno,
Não pares agora, não pares!
Repara que não falta nada,
Descansa-te somente ao final,
E quebra, em três, a coluna una de tua mente.
Reparta-te no trino de tua própria divindade.
Sê perseverante e não te descanses em pensamentos...
Sê de verdade!
Acalma-te e relaxa-te em sentimentos...
Sê tu mesmo na procura,
Não importa o quanto te custas,
Sê o Sentido que buscas!
Voa e sobrevoa a tua própria altura...

Ensinança do caos

A ilusão anda escondida,
A realidade anda perdida:
Por vezes bebem, por vezes fumam,
Por vezes acordam pelas madrugadas,
Nos corredores devastados na casa do pesadelo, neste tempo
[feio e tristonho, mas ainda guardam, meio sem zelo,
[um pouco daquele sonho.
Ilusão de mãos dadas com a realidade...
Parecem duas dementes.
Pedras, poeiras e ventos...
O tal castigo do tempo:
Sem dó, se vê o PÓ.
Dias e noites se vão,
No açoite da solidão,
Com dó, não se vê o SÓ.
Desobedecem quem comanda a nau,
Quase se esquecem das antigas preces.
Mas, com a ensinança do caos,
A sede de Sentido,
Mesmo que à beira deste abismo,
Retornam então, a semear trigo e cultivar sonhos...
E cultivam.

Brasílis

Queres ser anfitrião mas a casa não é tua;
Queres a história nas mãos,
mas as mãos são duas voando;
Queres ser cidadão mas a cidade não tem ruas,
As ruas não têm casas, as casas não têm gente.
Até quando?
Até quanto?
Até tanto?
Tanto faz!
Ouço tantas histórias dos outros.
Claras vozes esquecidas , anestesiadas em esquecimentos...
Relembrá-las no âmago da lição, seria bom e Divino.
Tudo em paz. Quieta, morta, indiferente.
Ao fundo ouço um hino.
Ou inquieta, inquieta paz, barulhenta, assustada, mas...
Ao fundo vejo um menino.

Afinal

Qual tem sido o curso da história?
Qual é a tua queixa principal?
A de antes e a atual?
Atualiza-nos, vida! Atualiza-nos...
Conta-nos, desde quando e desde onde estavas magoada?
Nesta trajetória descuidada,
Qual foi a punhalada fatal que te gerou tanta dor?
Se segues sozinha em convalescença,
Se nos acusa e recusas a revelar a saída,
E se queres ter outro nome, que não Vida;
Saibas que o nosso amor, apesar de distante e quase esquecido,
Tem aprendido a te reconhecer.
O amor anda de um lado para o outro,
Abre e fecha gavetas, procura chaves,
Controles e descontroles, contas pagas e a pagar, luz e água.
Portas e janelas abrem e fecham sem parar...
Calcula cálculos incalculáveis,
Esperando o teu perdão e o teu afago.
Não desista do amor, Vida, não desista!
O amor não desistirá,
Não te chamará de Sobrevida.
Persistirá Vida... persistirá!

Desassossego

Que desassossego é esse?
Quando o afugento, logo volta,
Não me prende e nem me solta;
Se sussurro ou se grito, não o espanto.
Neste campo sigo cego,
Sinto-me perdido, num mato, mas, com um cachorro
[assustado que não me obedece, com um olhar pidão, pede
[água, mata a sede, não me segue e nem vai embora...
Não sou caçador de recompensas; caço apenas tempo e espaço.
O que fazer com pensamentos nefastos
Que parecem invasores?
Socorro-me na busca de ser livre nesta vida,
Recorro-me com ideias inventivas,
Mas, nunca sei se sou eu mesmo quem as faço, se desfaço-as e
[se devo desfazê-las...
Tenho as chaves, mas me prendo na prisão da própria busca.
Quanto será que custará para encontrar a frase definitiva?
"Abre-te Sésamo".
Quem se importa com estas portas?
Mas, as abro em abracadabras de palavras que aprendi quando
[criança:
"Se o amor for grande, o medo acaba!
Se o Sentido for maior, o temor desaba!"
Disseram que esta era a essência da esperança.
Será que era?
Enfim, dizem por aí que é assim que se consegue ter fé!
Será que é?

Tua aventura

Não sejas para ti mesmo um estorvo em teu viver,
Não inventes alturas inatingíveis que te paralisem a vontade,
Reinventa a vontade antes de inventares alturas,
Aventura a desvendar mistérios dentro de ti.
Mesmo que sejam sérios,
Mesmo que não sejam sérios,
Mesmo que sejam leves,
Mesmo que sejam breves,
Desde que sejam só teus...
Vê bem se tu te vês lá na frente...
Vê bem se lá atrás já não estás...
Ultrapassa-te
E continua...
Não te esqueças de ti,
Leva-te para onde fores,
Revê os mapas das dores e dos amores.
Refaz a velocidade da subida,
Para um pouco no caminho,
Para não te sentires sozinho...
Mas segue logo em seguida
Para venceres a ti mesmo,
Desde que seja a tua história,
A tua vitória,
A tua vida...

Vamos festejar o quê?

Sábados sem fim em encontros sem abraços,
Paredes sem quadros,
Palcos sem vozes,
Bandolins sem cordas,
Sax sem acordes,
Rumos sem nortes,
Jantares sem temperos, sem vinhos, sem Maîtres,
Para comemorar o quê?
Alfaias sem alfaiates,
Vestidos sem decotes.
Costurar pedaços de verdades, de saudades, de amores, com
[linhas cinzas e sem artes...
Para que serve?
Ao que respondeu o artista:
— Se hoje são tempos sem ventos, amanhã teremos brisas...
Numa visagem que teve, disse:
— Será lançada ao céu,
Com carretel resistente,
Entre rabiscos de linhas,
Coladas com goma-arábica,
A pipa mais alta que se viu,
Numa tarde linda de abril.
Convincente, disse ainda:
— Não vamos perder a verve.
O sangue que já não ferve,
Frio e descontente, voltará em breve a ferver!
Quem rega a arte é a fé, quem leva a fé é a arte.
Façamos por merecê-las!
As duas não são mornas, são quentes; são brisas que atiçam o fogo,
Num vento de boa nova!
A arte nos aguarda, nunca morre...
A arte também nos carrega...
A arte também nos socorre!

O só do sofá

Ficar muito sozinho, não é bom!
Ficar muito junto, também não!
Estou aqui, só, na poltrona.
Insisto neste assunto:
Venha sentar comigo e tirar o "só" do sofá.
Mas, se não há como fazer isto,
Então, caminhe no chão de nossa imaginação,
Em passos de quem persiste
Com flores à beira da estrada.
Algumas caídas, algumas colhidas,
Outras cultivadas entre dores e amores...
São meras coisas de gente,
São com estas maneiras
Que a vida nos aconselha
Ou nos aprova ou reprova.
Às vezes alegre, às vezes triste,
Mas nunca descontente...
O contentamento seguirá sempre em frente,
Em busca do arco da velha.
Não será ao deus-dará!
Reinventaremos a roda,
Numa roda de conversa.
E, ao chegarmos lá,
Finalmente,
Reencontraremos a boa nova.

Enigma

Neste tempo de informática
A escrita é digitada,
A matemática é antiga,
Ultrapassada.
Mas, o resultado é sempre novo:
Um mais um é igual a nós.
E, para desatar este enigma,
Passava um "fax" para o Japão,
Um "fac-símile"
Em teclas de antigamente...
Mas recebia nãos de "feedbacks"!
Tec, tec, tec...
Atualmente,
Clico daqui e dali,
Aprendi a "touchear"...
Clac, clac, clac...
Contesto a net;
Tic, tic, tic...
Discuto com a máquina;
Toc, toc, toc...
Brigo com a lógica;
Clec, clec, clec…
Não consigo...
Não consigo abrir as portas magnéticas da razão,
Sem antes, digitar as teclas do coração!

Sobre viventes...

No nó do cipó dos tempos,
No nó de um laço amarrado,
Reside a aprendizagem.
Nos bambus que se desdobram ao vento,
No elo quebrado da sina,
Na ciência do desacerto,
Na precisão da resiliência,
Com batidas em ferro frio,
Até seu aquecimento.
No crescimento marcado,
No nó do sofrimento,
No nó do aprendizado...
Nó da garganta,
Nó na garganta do choro encolhido,
Engolido, mastigado, transformado e sobrevivido.
Nas faces assustadas de disfarces,
Nos disfarces assustados de costumes.
Desde menino,
Acostumado com marteladas do destino
Que ensina e prossegue...
Sobre a vida, sobrevivida!
E segue e segue...

Pesos e medidas

Testamos incertezas com regras de tolerância.
Desacertamos as medidas dos pés à cabeça.
Medidas, pesos, balanças!
De passo em passo vamos medindo o passado.
De peso em peso vamos pesando
Nossos cestos de lembranças...
Eram repletos de dádivas!
Hoje, esvaziados e sem jeito.
E, apesar de vazios, encontram-se mais pesados,
Pois ainda carregam as questões de uma vida reflexiva.
Haveremos de refazer os cestos!
Há de serem refeitos,
Palha por palha, preenchidos com discrição.
Apesar das falhas, procuraremos acertos,
Fazendo dois cestos para serem carregados
Um a um, de cada lado dos ombros,
Já tão bem acostumados.
De um lado, amor e coragem;
Do outro, esperança e fé.
Ficam assim distribuídos...
O fardo fica até mais leve,
Facilitando a viagem
Que parte em busca da arte.
A arte que nos ensina a não seguirmos sozinhos.
A fazermos do encontro, o sentido,
A fazermos do ombro, o amigo
A fazermos do sentido, o caminho.

Numinoso

É a primeira vez que se vê,
Quando se vê longe,
Um horizonte tão perto.
Não é a primeira vez que se crê
Que nem tudo está tão certo!
Sinas antigas se renovam em cada esquina.
Expectativas nos braços da esperança
E surpresas sem surpresas, surpreendentemente vivas!
O ensino mora em casa e se chama ensinamento.
Não raro as ruas, também fazem seus reparos, reveladas em
[pedaços de verdades!
Navegança de incertezas
Neste vasto e vago oceano.
Não há garrafas de náufragos,
Mas lamentos!
Resmungos surdos em desertos de pedidos de amparo.
Sístoles e diástoles descompassadas, em disfarces, desatentas do
[momento!
Face a face!
Tempo e ensinamento!
Mal escutamos a lição!
A única lição a ser ouvida.
Não são gritos, mas rumores...
Rumores de vida!
Rumores de vida!
Sussurros nos ouvidos dos que ouvem,
Segredados no eco silencioso do coração.
Do coração numinoso!

O vago e o pleno

A alma infinita sempre me conduz
Mas não me plenifica com qualquer viagem.
Preciso ir além do já visto,
Aceitar este desejo que me cega,
Conquistar o mundo que me nega,
E mergulhar...
Insisto nesta vontade sem fundo,
Que navega em direção à luz
E me leva neste caminho de ida.
São coisas da vida!
Mesmo que a chegada seja o início da partida,
Mesmo que a partida
Seja o significado da minha caminhada,
Navego nas linhas
Que as minhas mãos reinventam.

O mundo acabou

Ontem o mundo acabou
E não foi a primeira vez!
Se ao menos soubéssemos dos riscos!
Se ao menos tivéssemos previsto!
Hoje o mundo acabou.
Foi somente desta vez.
Hoje é dia de faxinarmos o chão.
Aquele tal "cair em si" de cada qual.
Dias ímpares para as arrumações,
Dias pares para as reflexões.
Perguntas somente às segundas:
E se não dermos conta de ir?
E se seguirmos cegos e sem guia?
E se a casa cair?
Amanhã amanhecerá
E o mundo acabará.
Mas não será a última vez!
Amanhã, logo de manhã, começaremos com a dieta,
Aquela da longevidade, de manhã até à tarde.
Mas, ao anoitecer,
Não faremos mais travessuras,
Não cairemos nas calçadas,
Não blefaremos sem trunfos,
Nem sairemos às ruas.
Amanhã, conquistaremos o mundo no tranco e com planos
[renovados.
Os planos são tão planos,
E nós somos tão humanos!
Ah! Por hora será melhor
Adentrarmos no próprio amparo.
Neste descentrado centro de nós, com cuidado.
Tecendo o dia sem medo,
Esquentando o sol bem cedo,
Decorando a tarefa de ser,
Aprendendo a reviver.

Tantagentediferente

Há tantos que são tão leves, outros tantos tão pesados.
Tantos são, sei lá, tão breves...
Alguns tantos, eternizados!
Mas dos tantos, uns tantos sofrem, enquanto outros nem
[percebem;
Sem darem conta, alguns padecem ou fazem outros padecerem.
Em suma, a verdade seria uma, apenas uma;
Uma só tão solitária se fosse apenas a minha!
Mas a verdade é incomum, se aninha em cada um:
A sua é sempre a sua, sozinha...
A do outro é bem estranha!
Esconde-se nas entranhas dos que vivem para mentir,
Dos que mentem para viver
Ou dos que vivem para morrer.
Quem encontra e aponta o que estava pronto?
Quem tece o ponto da vida na curva desta esquina?
Uns tantos descobrem a sina,
Uns tantos superam a dor,
Uns tantos são muito poucos,
Uns poucos são muito doces.
Essa mania de gente, como se gente não fosse,
Um bem dentro do mal ou um mal dentro do bem.
Tanta gente diferente, criaturas do Criador...

Lembranças

Não tenho anotadas em nenhum diário
Minhas melhores lembranças,
Nem as piores.
Tenho uma vaga lembrança
De cada lembrança...
Vaga, vaga, vaga!
Creio que foi ao amanhecer,
Que descobri nem sei o quê.
Por volta do meio-dia,
Um pouco antes ou um pouco depois
Que compreendi o nada,
E que tudo necessita de certa compreensão.
Parece ter sido ao entardecer
Que levei um susto
Ao perceber que o mundo assusta.
E, certamente, foi dentro da noite,
Talvez madrugada,
Que adormeci ao lado da certeza
Que de tão convicta, se chamava dúvida.
O fato é que perdi a data,
Mas o tempo verbalizou em nomes
Que me fizeram sorrir, chorar, brigar, brincar,
Perdoar, viver, morrer, amar...
Lembranças sem fim...
Vivas, vagas, dentro de mim.

Não sei abraçar espelhos

Não sei abraçar espelhos!
Pobres miseráveis!
Os espelhos estão condenados a nunca serem abraçados.
Mas, em cada olhada que dou, neste oráculo invertido,
Estranho-me e me divirto.
Sempre que lhe digo:
Espelho, espelho meu, você já abraçou algum amigo assim
[como eu?
Fica travado o debate,
E, neste embate, pergunta-me
Se recordo dos abraços e desabraços do passado.
Quantos abraços foram bem dados,
Quantos "quebra-costelas",
Quantos ficaram no vazio e sem espaço, na espera!
Quantos foram simples quimera!
Abraços de todo tipo:
Alguns bem acanhados
E uns poucos, esquisitos!
E aquele abraço de graça,
Em plena praça! Quem se lembra?
Perco assim esta contenda
Ou teria sido empate?
Não há face que disfarce.
Fica tudo tão complexo,
Que chego a ficar vermelho!
Fica tudo tão tenso,
Dá um desejo intenso,
De abraçar meu reflexo,
Mas não sei abraçar espelhos!

Os servos

Os servos que nos servem
Não são obedientes.
Estes três:
A razão claudicante,
O coração cambiante,
A mão carente.
Procuram a reta ação,
O linear intento,
O pleno sentimento.
Procuram por todos os cantos:
Nos cantos da bondade,
Nas curvas da beleza,
No viés da verdade.
Enquanto isso, teimamos,
Como mal servos que somos,
Em não aprender a missão,
Por ocultar o que é grande,
Por aparentar ser distante,
E fora do nosso alcance.
Até chegarmos à conclusão,
De que o bom servo depende
De um Mestre benevolente,
Que sempre esteve aqui e aí, dentro e fora, antes e agora,
Nas mãos e suas ações...
No coração e suas flechas...
Na razão e suas intenções!
Sendo assim, são estas as metas,
As mais puras de todas,
As mais simples e boas...
Nossas singulares chances.

O ponto final

O ponto final que antes vivia na ponta da pena, agora reside nas pontas dos dedos que teclam ou na ponta do medo que fala ou na ponta da língua que cala.
Os três pontos reticentes da vida, são três pontos desfinais...
Quanto ao pós-ponto, depois te conto!
Agora, refletiremos o vão do ponto final: fim, epílogo e conclusão.
O ponto final, este solitário, único e finalizador de tagarelices.
Este pontinho que nos deixa à sorte e a sós com devaneios pertinentes quando próprios ou impertinentes quando alheios.
Não é o arremate do tecido, nem o nó do marinheiro, nem o sim da noiva ou o "amém" do sacerdote!
Nem sequer é a conclusão do "pós-doc"!
Muito menos o finalzinho do primário!
O curriculum vitae aqui é um graveto destes que esfregamos nas paredes de destinos equilibrados em sarjetas...
Mas haveremos de confessar que jamais avistaremos o ponto final.
Não invente!
Por favor, não invente um fim de semana, um fim de mês ou fim de vez.
Descubra o ofício de desinventar.
Desinvente!
Desinvente este olhar preocupante que tanto te atrasas e descubras ao redor os três pontinhos reticentes...
E desfrutes o ponto final de cada início de re-amar...

Prometeu

Quando a vida me convocou,
Não sabia se era um evento ou uma missão,
Se eu era o convidado ou o anfitrião.
Minha alma perdida, não sabia amar...
E nem o destino decifrar.
Em cada passo perdido
Encontrava um sentido no próximo passo a dar.
Vida e destino
Atravessados pelo vento, não indicavam o caminho...
Seguiam sozinhos!
A vida oferecida
Prometia, prometia...
Uma história para contar!
A vida prometia...
Parecia ter boa fé.
A vida prometeu
O tempo...
O mundo...
O eu...
Mas quase se esqueceu
Daquilo que ela é,
Daquilo que sou
E da pergunta que fiz,
No dia que a conheci:
Como se faz para ser feliz?

Agora lá fora

No redemoinho de buscas e reflexões,
Fugas e acomodações,
Medos e enfrentamentos,
Sonhos e fragmentos,
Sentimentos mal sedimentados...
No espaço que uso noite e dia
Entre o entra e sai,
Entre o fica e vai,
Que sufoca os corações.
Entre adiar o ódio da raiva
Ou espraiar-se nos braços da sina
Que decanta o amor,
No torvelinho da vida.
De nada adianta,
Nunca estou pronto.
Mas a hora na esquina
Sempre me espera
E nunca a encontro.
Quem dera
Se o tempo se explicasse num segundo
Ou se o mundo parasse num momento
Para reciclar a rotina!

O Todo

Onde se esconde a resposta?
Aquela que não responde,
Excede-se e se perde
Sem abraço,
Sem espaço.
Há de rever o que se viu:
O que é, já partiu!
Uma história já está
Seguindo no tempo
Enquanto outra virá,
Outra história vem vindo
No fio ágil do vento,
Em meio a tudo, tão breve!
Uma sabedoria tão frágil,
Uma coragem fugaz,
Uma vontade de paz,
Do início ao fim da viagem.
Decifrar tudo?
Para quê, se tudo é passagem?
Mas, agradecer ao Todo!
Por quê?
Por ser o motivo vivo:
O Todo,
Os pés e o caminho,
A aprendizagem do instante,
A revelação nas mãos.
Dádivas colhidas nas frestas,
Gratidões na inquietude,
Tolerâncias apreendidas
Na própria aprendizagem,
No vão da vida que segue,
Em plena preparação...

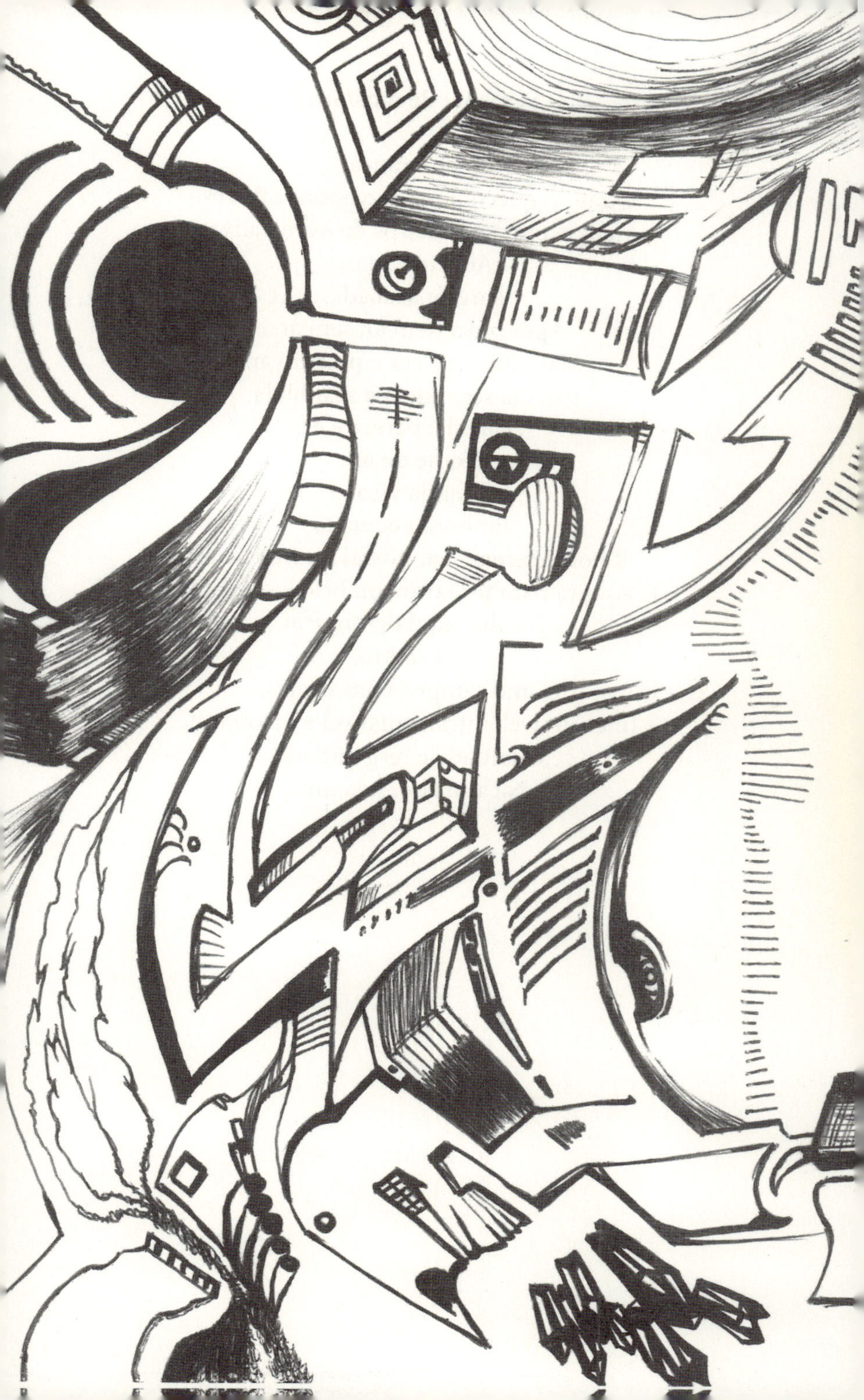

Semente de mostarda

A esperança
Quase esquecida nas traves dos olhares,
Medida em nanômetros de expectativas.
Adormecida...
Parecia acabada,
Agonizava, sem ar, sem ar...
Mal sabia que era o próprio ar.
Parecia ser miúda e acanhada.
Parecia, parece e é
Fonte de fé!
Ainda viva,
Embora pequena,
Retoma serena em nossas consciências
E assopra para fora o ar sombrio e sufocante.
E volta aqui dentro e aí,
No centro,
Como sempre, como antes,
Imensurável, intransmissível e incomum,
Guardada e resguardada
Na alma de cada um.

O passado passou

O passado passou de passagem.
Antigamente era o presente que passava
Enquanto o futuro esperava.
Neste fim sem mundo
O que passava não passa mais.
O que é, perdeu a cor, acinzentou.
Passou rápido, veloz, até se perder de vista...
Não deixou pista e seguiu,
Rapidamente, até se desfazer em promessas de paz,
Perdidas em vidas e vidas
Ou guardadas num baú sem fundo
De sonhos sem rumo
Antes da última aurora
Que outrora nos visitava.
Não deveria jurar mas juro:
Vi o passado apressado
Abraçar o futuro descaradamente,
Desprezando cada gente sem qualquer apreço,
Desprezando o fim e o começo.
Num descaso, o passado passou
E ainda está passando sem ver e sem ser visto.
Porém, como de costume e para o próprio bem,
Recolhi o lume que passava distraído,
Furtei uma parte do presente contido
E... sobrevivi.

O passado voltou

Voltou de viagem
Fragmentado e faminto,
O semblante cansado de quem some e se esquece.
Na balança, de cada lado,
Dois pratos pesavam o Tempo.
Um lado, pesava sonhos realizados.
O outro, pesado do vazio de pesadelos.
Voltou em tom sépia desbotado.
Tratou de abrir gavetas, remexer papeletas,
Desfazer contratos.
Sentou-se à mesa, esperando a ceia.
Ceia de papéis e canetas, lápis, borrachas,
Antigos cadernos, uns livros puídos,
E um "Caminho Suave".
O passado retornou
Para a próxima paragem.
Feito uma ave, voou,
Deixando ali a balança precisa,
Ventos, brisas e o ato de sonhar.
Tratos e retratos,
E o desejo de realizar,
Para então, poder seguir,
De fato, mas ficando no ar,
A vontade de voltar.

O passado ficou

Ficou
Esquecido no vão de lições perdidas,
Em paredes de cores antigas
E canteiros de azaleias e dentes-de-leão.
Ficou esquecido no mundo das idéias longínquas,
Entre o temporal e o hipocampo do quintal.
Ficou ali,
Brincando na varanda aberta
Um pouco para lá do portão da rua e da porta da cozinha,
Na sombra salpicada por folhas das parreiras.
Ficou lá,
De onde se avista
As janelas, o beiral do telhado e o céu sereno.
Ficou aqui,
Na tolice do esquecimento
Pois dizem que esquecer é bom.
Único jeito de olhar para frente...
Mas, mesmo assim,
Por vezes é ousado
E poucas vezes é bem lembrado.
É livre, cúmplice e teimoso...
Tem sido o mestre na lição do aprendizado.

Sinal de vida

Posto que a vida vive nua
E a balança desmedida está pesada.
De um lado, uma parte destruída,
De outro, a atitude encolhida
Com os frutos passados de desfrutes.
Haveremos de somar o sol e a lua
Com estrelas que afugentem o medo frio,
Congelado de fúria e coragem,
Desesperança e Prudência,
Destempero e fé,
Conquanto que a vida continue.
E, se, a esperança ainda dança,
Em trilhos e dormentes de cansaço,
Com a cabeça nas nuvens,
E o coração exausto de descaso,
Teremos que rever nossos quintais
E os passos que jamais esqueceremos,
Apesar da liberdade que amarra e solta,
Que se rompe e some,
Que nos prende e voa,
Ainda vale sonhar sonhos à toa,
Visto que a vida dá sinal de vida...

A palavra-solução

Não esconda!
Então, por favor, responda:
A palavra-solução
Dos seus planos mais profundos,
De todos estes anos
Almejados e buscados lá no fundo?
Terá que ter muita estrada
Povoada de multidões.
E, alguns caminhos, sozinho...
Qual palavra lhe vem à mente,
Insistentemente, pergunto:
Qual a lavra persistente,
Qual a ideia sã
Que corrói a dor do mal ?
Qual a palavra que vem?
Qual a palavra escolhida?
A tal,
Inquietante demais,
Misteriosa de menos,
Que consome as madrugadas
No fundo do coração?
Não é poesia nem prosa,
Apenas uma palavra
Que acena para a vida
Guardada, aguardando o desenlace,
Aguardando ter um nome, um sobrenome e a própria face.
Afinal,
Qual é a palavra-chave?

Sem sim e sem não

Saídas sem fim, saídas sem saída, ruas sem saída, ruas sem rua,
Fins sem fim.
Meios e mais meios,
Maneiras e modos, sem atitudes.
Pecados impecáveis!
Becos intransitáveis,
Sem sim,
Sem não!
Tolos sem direção e
Tolices sem graça
Num campo sem cachorro e sem cavalo.
Pés sem estradas, campeando quase nada.
A vida conquistando a vida por aí...
Num final infindo,
Seguindo, seguindo,
Tentando entender-se por si só,
E só por si!
Desde o começo até a chegada.
A vida conquistando a vida!

Quase meia-noite/Quase meio-dia

Quando a vida estiver completa
Sentaremos à mesa,
Brindaremos em festa.
Faremos a síntese do contentamento.
Por hora, deixaremos de lado os pedaços de teses...
Meios fatos,
Meias dúvidas!
Meio sempre é quase nunca,
Meio nunca é quase nada.
Quiçá cada qual faça a sua mea-culpa.
Medos de menos, medos demais.
Meias verdades inexistem,
Meias coragens estão tristes
Com tanta falta de céu,
Com tanta falta de cais.
A honra anda quase nua
Meio despida de fantasias,
Meio sentida com tratos,
Principalmente os inacabados.
Meios sonhos são pesadelos sem rastros em meia estrada...
Cedo ou tarde não é agora.
E, se meia demora, demora...
É hora de dar meia volta e
Voltar para o tempo de espera e...
Quando a vida estiver completa,
Brindaremos a quase tudo...
Tudo é quase relativo,
Mas algo é Absoluto.

Esta obra foi composta em CTcP
Capa: Supremo 250g – Miolo: Book Ivory Slim 65g
Impressão e acabamento
Gráfica e Editora Santuário